ठाकरे

Krupasindhu mohanta

 pencil

ISBN 978-93-5667-263-5
© Krupasindhu mohanta 2022
Published in India 2022 by Pencil

A brand of
One Point Six Technologies Pvt. Ltd.
123, Building J2, Shram Seva Premises,
Wadala Truck Terminal, Wadala (E)
Mumbai 400037, Maharashtra, INDIA
E connect@thepencilapp.com
W www.thepencilapp.com

Author biography

कृपासिंधु महान्त

CONTENTS

ठाकरे

ठाकरे

कृपासिंधु महान्त

"ठाकरे" एक उपन्यास है।ये उपन्यास लेखक कृपासिंधु महान्त का उपन्यास है।उनका पहला उपन्यास "अपने" है।जिसे बहुत लोगों ने पसंद किया है और दूसरा उपन्यास "कोटीपति प्रेमिका" है और तीसरा उपन्यास "प्यार करना है"और चौथा उपन्यास "टेढ मेढ़"और पांचवा उपन्यास "कितने दिन" उनके उपन्यास में साधारण जीवन का छबि झलकता है। "ठाकरे" एक राजनीति आधारित उपन्यास है।ये इनका पहला राजनीति आधारित उपन्यास है।

लेखक

कृपासिंधु महान्त

"ठाकरे"एक उपन्यास है।उनके उपन्यास पढ़ने में अलग मजा है।लेखक कृपासिंधु महान्त का लेखन में ऐसा जादू है।जिसने भी उनका किताब पढ़ता है।बो उन्हिकी लेखन में समाया जाता है।उनके हर किताब में एक रहस्य छुपा होता है।पढ़ने बाला

रहस्य में खो जाता है। इसलिए आपको कहते हैं रहस्य लेखक और सोचा लेखक।

कृपासिंधु महान्त

भाग 1

ठाकरे

कहानी का सुरुबात महाराष्ट्र से होता है।महाराष्ट्र का एक बड़े नेता देवनाथ ठाकरे से।देवनाथ ठाकरे "ठाकरे" पार्टी का अध्यक्ष होता है।बेटा संजय ठाकरे पिताजी के साथ मिलकर राजनीति कर रहा होता है।संजय ठाकरे का पत्नी गीता ठाकरे बहुत चालाक और चतुर होती है।बो भी संजय ठाकरे के साथ मिलकर राजनीति कर रही होती हैं।

भाग 2

सन करीब 2005:

देवनाथ ठाकरे बुढ़ापे पर आ जाता है।ठाकरे पार्टी में नया अध्यक्ष चुने के ऊपर चर्चा होने लगता हैं।ऐसे समय पर ठाकरे परिवार से एक आदमी अध्यक्ष के रूप में उभर रहा होता है।नाम राजू ठाकरे।ठाकरे पार्टी का हर बड़े,बड़े नेता एक ही बात कर रहे होते हैं।अबकी बार राजू ठाकरे ही पार्टी का अध्यक्ष होगा।पार्टी के वरिष्ठ नेता बोल रहे होते हैं।देवनाथ ठाकरे जी को अब नया अध्यक्ष चुन लेना चाहिए।ज्यादा देर नहीं करना

चाहिए।कियुंकी? उनका उम्र अब करीब 75 साल हो चुकी है।ज्यादा देर करने से पार्टी कोमजार हो सकता हैं।ऐसे समय पर पार्टी के कुछ वरिष्ठ नेता,देवनाथ ठाकरे से मुलाकात करते हैं।और कहत हैं देवनाथ ठाकरे जी अभी आपको नया अध्यक्ष चुन लेना चाहिए।अभी बो समय आ चुका है।

तुम सब लोग जो कह रह हो,बात तो सही है।में भी इस पर विचार कर रहा हूं।बहुत जल्द कोई न कोई फैसला लूंगा।तुम सब लोग चिंता मत करो,में तुम सभी को बहुत जल्द एक अच्छी खबर सुनाऊंगा।

सभी वरिष्ठ नेता बैठक खत्म करने बाद वहां से निकल जाते हैं। एक वरिष्ठ नेता बोल रहा होता है कुछ भी हो मुझे लगता है इस बार और कोई नही।राजू ठाकरे ही पार्टी का अध्यक्ष चुना जाएगा।उसके पास ही देवनाथ ठाकरे इतना कबलियत है।सभी वरिष्ठ नेता हा भरते हैं।तभी एक वरिष्ठ नेता कहता है बात तो सही है,बो उनका भाई का बेटा है।देवनाथ ठाकरे जी भी उन्ही को अपना उतराधिकार चुनेंगे।सभी वरिष्ठ नेता ऐसे बात करते-करते वहां से चले जाते हैं।

भाग 3

गीता ठाकरे का देवनाथ ठाकरे से मुलाकात करना:

संजय ठाकरे की पत्नी गीता ठाकरे शाम के करीब पांच बजे अपने ससुर देवनाथ ठाकरे से मिलने पहुंचती हैं।

आओ बेटी बैठो।मेरे पास कैसे आना हुआ?

कुछ जरूरी काम था।आपसे बहुत दिन हो गया मिला नही था।और बहुत कुछ बात भी करना है।

ठीक है बेटी तो बोलो किया बात है?संजय का सेहत ठीक तो है!

हा सब कुछ ठीक ही है।मुझे ये सुने को मिला है की। आप "ठाकरे" पार्टी का कोई नया अध्यक्ष चुन रहे हैं।

बेटी तुमने सही सुना है।में और ज्यादा काम नही करना चाहता हूं।थोड़ा मुझे आराम चाहिए।इसीलिए में सोच रहा हूं राजू ठाकरे को ठाकरे पार्टी का अध्यक्ष नियुक्त कर दूं।उसके पास मेरे जैसा खूबी है।बो अच्छी तरह से पार्टी को चला सकता है।

ऐसी बात है।तो किया आपके बेटा के पास कोई खूबी नही हैं?

बेटी मेरे बेटे के पास खूबी तो है।लेकिन बो अच्छी तरह से पार्टी को चला पाएगा!उसके पास ज्यादा बुद्धि नही है।पार्टी चलाने के लिए ज्यादा बुद्धि होना चाहिए।

कैसी बात कर रहे हैं आप?आपके बेटे के पास बुद्धि न हो कर!आपके भाई के बेटे के पास इतना बुद्धि है।मुझे तो ये बात सुनकर चकित लग रहा है।आप ज्यादा सोचना बंद कीजिए और अपने बेटे को ठाकरे पार्टी का अध्यक्ष नियुक्त कर दीजिए।बे आपके बेटे हैं मतलब उनके पास भी आपके जैसे ही ज्यादा न हो लेकिन थोड़ा बहुत खूबियां और बुद्धि है।

बेटी मुझे थोड़ा समय दो।ताकि में इस पर विचार कर सकूं।ये दल की बात है,ये कोई जमी ज्यादाद की बात तो नहीं है।जो बाप के बाद बेटा को मिले।अगर नेतृत्त लेने में थोड़ा सा भी

चूक हो गया तो पूरा दल बिखर जाएगा।

मुझे ये सब कुछ सुनना नही हैं।मुझे मेरा हक चाहिए। मुझे पूरा विश्वास है कि। आप मुझे निराश नहीं करेंगे।आपका बेटा भी आपकी उम्मीद में है।आप अच्छा खबर ही सुनाना।में चलती हूं।फिर वहां से गीता ठाकरे चली जाती है।

देवनाथ ठाकरे गहरी सोच में डूब जाते हैं।

भाग 4

देवनाथ ठाकरे का घोषणा:

तीन महीने के बाद अचानक देवनाथ ठाकरे पार्टी का जरूरी कालीन बैठक बुलाते हैं।दल के सभी वरिष्ठ नेता बैठक में आते हैं।देवनाथ ठाकरे सभी नेताओं को संबधित करते हैं। मेरे प्रिय भाई और बहनों आप सभी को यहां आने के लिए बहुत - बहुत धन्यवाद।आप सभी को तो पता ही हैं।में और पार्टी का अच्छी तरह से नेतृत नही दे सकता हूं।इसीलिए मैंने मेरा उत्तराधिकारी चुन लिया है।में मेरा उत्तराधिकारी का नाम बताने से पहले ये बताना चाहूंगा की।आप सभी लोग मेरे उत्तराधिकारी को भी मेरे जैसा ही सम्मान देना।कोई भेद भाव मत करना।मेरा उत्तराधिकारी होगा मेरा बेटा संजय ठाकरे।ये नाम सुनते ही सोभा में बैठे सभी वरिष्ठ नेता चकित हो जाते हैं।उन्हें ऐसा लग रहा था की।राजू ठाकरे ही पार्टी का अध्यक्ष नियुक्त होगा।

आप सभी लोगों को ये बात सुनकर कैसा लग रहा है?दल के

सभी वरिष्ठ नेता इस पर कोई जवाब देते नही है।

किया हुआ आप सब लोग चुप क्यों बैठे हैं?कुछ बोलिए इस पर।

तभी एक वरिष्ठ नेता कहता है ठाकरे जी हमे आपकी ये फैसले से कोई नाराजगी नही हैं।आप तो हमारे नेता हैं आप जो कहेंगे बो ही सही है।

मुझे बिस्वास था की तुम सब लोग इस फैसले से जरूर खुश होंगे।

तभी राजू ठाकरे अपनी चेयर से उठ जाता है और वहां से चलने लगता है।

बेटा राजू किया हुआ?तुम इस तरह से कुछ न कह कर कहां जा रहे हो?

राजू कोई जवाब देता नही है।और फिर वहां से चला जाता है।उसके पीछे – पीछे उसके सभी समर्थक भी निकल पड़ते हैं।

देवनाथ ठाकरे चुप चाप राजू को ही देख रहा होता है।तभी पार्टी के एक वरिष्ठ नेता कहता है ठाकरे जी लगता है राजू को कुछ बातों को लेकर नाराजगी होगी।

मुझे भी ऐसा ही लगता है।कोई बात नही हम हमारा काम करेंगे।तो मेरे दल के सभी वरिष्ठ सदस्यों आप सभी लोग मेरे बेटे के साथ ही हो न!

दल के सभी वरिष्ठ नेता चेयर से खड़े होकर हा में जवाब देते हैं।

देवनाथ ठाकरे आपने बेटे के कंधे में हाथ देकर कहता है आज

से मेरा बेटा संजय ठाकरे का निर्देश में ही पार्टी चलेगा।दल का कोई भी फैसला हो मेरा बेटा ही लेगा।आज से में पार्टी का अध्यक्ष पद छोड़ रहा हूं नमस्कार धन्यवाद।

भाग 5

संजय ठाकरे और गीता ठाकरे के बीच बात चीत:

शाम का समय संजय ठाकरे घर आता है।

बैठिए;मुझे आज बहुत खुश महेसुस हो रहा है।आज आप पूरी तरह से ठाकरे पार्टी का नेतृत करेंगे।

हा लेकिन मुझे कुछ अच्छा नहीं लग रहा है।

क्यूं? कोई परिशानी है किया?

नही परिशानी नही राजू ठाकरे पार्टी बैठक से अचानक उठकर चला गया न।तो मुझे कुछ अच्छा नहीं लग रहा है।मेरा नाम जैसे ही अध्यक्ष के लिए चुना गया बो पार्टी बैठक से बाहर निकल गया।

तो किया हुआ?जिसे जाना है बो जाएगा।पार्टी आपके पिताजी ने सुरु किया था।ना की उसने।जो आप इतना चिंता कर रहे हैं।

में इस बात का चिंता कर रहा हूं।कहीं इसका प्रभाव पार्टी के ऊपर न पड़े।

आप चिंता मत कीजिए कुछ नही होगा में इसका कोई उपाई सोचता हूं।

कैसी उपाई?में कुछ समझा नहीं।

आप को डर इस लिए लग रहा है न।की दल के कुछ नेता भी

उसके समर्थन में हैं।

हा बिलकुल इसीलिए तो में चिंतित हूं।जब बो नाराज हो कर पार्टी बैठक से निकल गया।तभी उसके पीछे -पीछे कुछ समर्थक भी निकल गए।

कोई बात नही में दिखता हूं।बो किया करता है?और उसके जाने से पार्टी में किया प्रभाव पड़ता है?मुझे कुछ भी ऐसा लगता नही है।अगर ऐसा कुछ भी होता है तो भी हमारे ऊपर कोई प्रभाव नहीं पड़ेगा।

भाग 6

गीता का वरिष्ठ नेताओं के साथ बैठक:

शाम के करीब 5:15 बजे संजय के घर पर एक बैठक होता है।बैठक में सब बड़े – बड़े नेता उपस्थित होते हैं।दल के सभी नेता आपस में बात कर रहे होते हैं।पता नही आज किस बात की चर्चा होगा।बैठक को गीता ठाकरे जी ने बुलाए हैं।लगता है बो कोई महत्वपूर्ण बात करने बाली हैं।ऐसे ही नेताओं के बीच फुसुर फासर हो रहे होते हैं।तभी अचानक एक नेता कहता है तुम सब चुप हो जाओ।गीता जी आ रहे हैं।

गीता कमरे के अंदर घुसती है।सब लोग चेयर में बैठे होते हैं।आप सभी लोग आ चुके हो।या कोई रहे गया है?

तभी ''ठाकरे'' पार्टी के एक वरिष्ठ नेता सुशील शर्मा कहता है हा हमारे छे बड़े नेता आए नही हैं।जब मैंने फोन किया तो फोन भी नही उठाए।सुशील शर्मा ठाकरे परिवार का बहुत ही करीबी

होता है।और बो ठाकरे परिवार के लिए कुछ भी करने के लिए तैयार रहता है।

ठीक है तो फिर तुम एक काम करो जो भी बड़े – बड़े नेता या कर्मी पार्टी की किसी भी बैठक में न आते हैं।उन सभी का एक तालिका तैयार करो।

सुशील,गीता की और देख कर कहता है उन सभी का करना किया है?

उन सभी को निलंबित करना है।

सुशील चौंक जाता है और कहता है इतने सारे कार्य कर्ता को एक ही बार में निलंबन करना किया सही होगा?

तुहरे मतलब किया है?किया बहुत सारे कार्य कर्ता हमारे पार्टी छोड़ चुके हैं?

जी नहीं,लेकिन मुझे ऐसा लगता है।की ब्लॉक स्तर से लेकर जिला स्तर पर देखें तो।कोई न कोई कार्य कर्ता दल छोड़ने जैसा लगता है।अगर हम उन सभी को निलंबित कर देते हैं तो हमारा दल कोमज़ार हो जाएगा।

तो हम किया करें सुशील?

हम किसी को भी दल से निलंबित नही करेंगे ना ही किसी को निकलेंगे।जिसे दल से जाना है बो खुद जाएगा।हम चुप चाप रहेंगे।

किया ऐसे में सब कुछ सही चलेगा?मुझे लगता है ये सही नही होगा।लेकिन अगर तुम कह रहे हो तो फिर ऐसा ही करते

हैं।अभी जो लोग मीटिंग में आए हो,तुम में से कोई पार्टी तो नही छोड़ेगा न।

तभी एक वरिष्ठ नेता कहता है जी नही गीता जी आप चिंता मत कीजिए। हम सब देवनाथ ठाकरे और आपके साथ हैं।देवनाथ ठाकरे जी के बेटे की और ही हम हैं।किसी और का हम कभी हो ही नहीं सकते। जो ऐसा करेगा उसके ऊपर कड़ी करवाई किया जाना चाहिए।

गीता मुस्कुराते हुए कहता है बाह-बाह मुझे ये बात सुन कर बहुत अच्छा लग रहा है। राज्य में अगर हमारा सरकार आता है तो तुम सब लोगों को बड़े पुरस्कार प्रदान किया जाएगा।इसके लिए आज से ही तुम सब लोग काम करना सुरु कर दो।और तुम सब लोग राजू ठाकरे के ऊपर कड़ी नजर बनाए के रखो।

सभी नेता हा में जवाब देते हैं।

बैठक खत्म होता है और सभी नेता निकलते हैं।तभी गीता ठाकरे,सुशील शर्मा को अपने पास बुलाती हैं।सुशील पास जाता है।गीता मुस्कुराते हुए कहती हैं सुशील तुम थोड़ा इन सभी नेताओं के ऊपर नजर रखना।

जी बिलकुल आप चिंता मत कीजिए।में सब कुछ संभाल लूंगा।

मुझे तुमसे यही उम्मीद है सुशील।मुझे हर चीज का जानकारी देते रहना।

जी;में सब कुछ आपको फोन पर जानकारी देता रहूंगा।और

जरूरत पड़े तो में आपको मिलने के लिए भी आऊंगा।ठीक है तो फिर में चलता हूं।

हा तुम जाओ,लेकिन पहले हमारे घर चलो। वहां खाना खाएंगे,उसके बाद तुम जाना।

ठीक है तो फिर चलिए।फिर दोनों देवनाथ ठाकरे की घर की और जाते हैं।

भाग 7

राजू ठाकरे का घोषणाः

तीन महीने गुजर जाने के बाद राजू ठाकरे उसके सभी समर्थकों को बुलाता है।राजू ठाकरे के सभी समर्थक नेता और कार्यकर्ता उसके बासभबन में पहुंचते हैं।राजू ठाकरे कहता है मेरे प्यारे चाहने वाले तुम सभी को प्यार के लिए बहुत -बहुत धन्यवाद।मुझे पूरा बिस्वास है की आप सभी लोग अच्छे ही होंगे।आज में एक बहुत बड़ा फैसला लेने जा रहा हूं।मुझे विश्वास है कि आप सभी लोग मेरे इस फैसला का पूरा समर्थन करेंगे।जो में आज कहने जा रहा हूं।बो आप सभी को थोड़ा बहुत जानकारी होगा।आज एक बहुत बड़ा घोषणा करने जा रहा हूं।आज में एक नया दल का गठन करने के बारे में घोषणा कर रहा हूं।आप सभी का आज से नया दल होगा ''नवनिर्माण दल''आज से इस दल का कार्य शुरू होता है।और मुझे पूरा विश्वास है कि आप सभी लोग इस दल को पूरी तरह से समर्थन करेंगे।

एक वरिष्ठ नेता कहता है बिल्कुल हम आप के साथ हैं।आप एक बार हमें कार्य तो सौंप करके देखिए।फिर हम कैसे कार्य करते हैं।में आपको पूरा भोरोसा देता हूं।की हम पूरी मेहनत और लगन के साथ कार्य करेंगे।किया भईया आप सभी लोग तैयार हो न।

तभी सब लोग जोर से कहते हैं हा हम पूरी तरह से तैयार हैं।

भाग 8

संजय ठाकरे को झटका लगना:

शाम के समय करीब पांच बजे संजय ठाकरे,गीता को बुलाता है।

गीता आती हैं और कहती हैं किया हुआ?कोई परिशानी है!

तुमने आज न्यूज नही देखी?

नही देखी; क्यूं कोई हादसा हो गया है किया?

नही;राजू ठाकरे ने नया दल का गठन कर लिया है।

गीता अश्चर्चकित हो कर कहती हैं ये कैसे हो गया?

आज ही हो गया है।में भी ये सुन कर देखकर चकित हो गया हूं।

कोई बात नही में कुछ करती हूं।

अब करके कोई फायदा नहीं है।बो नया दल का घोषणा कर चुका है।अभी हमें थोड़ा बहुत सतर्क रहना होगा।

सतर्क तो उसे रहना होगा।हमें नही; में उसके दल को आगे बढ़ने नही दूंगी।ऐसा चाल चलूंगी की उसका दल सिर्फ और सिर्फ घोषणा में ही सीमित रहे जाएगा।

किया ऐसा हो सकता है?

बिलकुल ऐसा हो सकता है।अगर हमनें कोशिश किया तो ये कोई बड़ी बात नहीं हैं।

तो फिर ऐसा ही करो।

ठीक है तो फिर में आज से ही चाल चलना शुरू कर देती हूं।

भाग 9

सन 2006:

जनवरी महीने की बात है।संजय ठाकरे पार्टी का जरूरी बैठक बुलाते हैं।दल के सभी वरिष्ठ नेता को आने बाला पौरो निर्वाचन की प्रस्तुति करने का निर्देश देते हैं।इस बार जैसे भी हो हमें जितना ही होगा।इसीलिए आप सभी लोग निर्वाचन की तैयारी कीजिए।में चाहता हूं इस साल कोई भी लापरवाही ना हो।सभी काम अच्छी तरह से होना चाहिए।दल के सभी वरिष्ठ नेता हा में जवाब देते हैं।

तभी सुशील शर्मा कहता है आप चिंता मत कीजिए निर्वाचन हम ही जीतेंगे।

संजय कुछ सोच कर जवाब देता है। हा मुझे ऐसा लगता है लेकिन मेरा भाई राजू ठाकरे!

राजू ठाकरे कुछ नहीं कर पाएगा।मुझे अच्छी तरह से पता है।उसके दल में ज्यादा लोग है ही नही।और उसका पार्टी भी मजबूत हुआ नही है।इसीलिए हमें उसके बारे में सोचना नहीं चाहिए। हमें दूसरे दलों के बारे में सोचना चाहिए।

दल और एक वरिष्ठ नेता कहता है बिल्कुल ठाकरे जी में भी सुशील की बात से सहमत हूं।

ठीक है तुम सब लोग इस बात से सहमत हो, तो फिर में भी सहमत हूं।तो फिर सुशील आगे हमें किया करना होगा?

कुछ नही बस निर्वाचन की तैयारी और देवनाथ ठाकरे जी को बड़े -बड़े शहर में लेकर जाना होगा।

लेकिन बो अभी जाएंगे!मुझे लगता नही है।

आप उनके बेटा है और आपके लिए बो सब कुछ करने के लिए तैयार होंगे।मुझे पूरा बिस्वास है आप एक बार उनसे जाकर इस बारे में जरूर बार करना।

ठीक है तुम जो कह रहे हो बो ही करेंगे।इस बार हम किशिशे कोई समझता करेंगे या नही?

नही;कोई भी समझता करने की कोई जरूरत नही है।जो करना है हम अकेले करेंगे।हमारा इतना पुराना पार्टी है और हम समझता करते हैं तो फिर हमारा नाक कट जाएगा।किया ये सही होगा?

नही;तुम सही कह रहे हो।ठीक है तो फिर हम ऐसा ही करते हैं।

भाग 10

ठाकरे पार्टी का निर्वाचन प्रचारः

संजय ठाकरे अपने पिताजी देवनाथ ठाकरे के साथ निर्वाचन प्रचार के लिए उतार जाता है।देवनाथ ठाकरे को देखने के लिए पूरी भीड़ अकेठे होती हैं। हर तरफ सिर्फ और सिर्फ लोग ही

लोग होते हैं।ये देखकर संजय खुश हो रहा होता है।

सुशील भी कह रहा होता है इस बार फिर से हम ही जीतेंगे। और एक वरिष्ठ नेता कहता है हा बिलकुल इसमें कोई संदेह नहीं हैं।आपकी तरह नेता कोई और है ही नही जो आपको टक्कर दे सके।आपका भाई राजू ठाकरे पूरी तरह से हर जाएगा।और कभी निर्वाचन जितने के बारे में सोचेगा भी नही।और फिर अपना पार्टी बंद कर देगा। कियूंकी वहां कोई और होगा ही नहीं।बो अकेला पड़ जाएगा।

संजय ये सुन कर हंसने लगता है।तभी देवनाथ ठाकरे कहता है बेटा आओ और कुछ बोलो लोग अभी तुम्हें सुनना चाहते हैं।

संजय माइक पकड़ कर जोर से चिल्लाकर कहता है मेरे प्यारे भाइयों और बहनों आप सभी के लिए कुछ न कुछ नया तो हम करते ही हैं।लेकिन इस बार पूरी तरह से आप लोगों के सेवा में समर्पित रहेंगे।बस इस बार पूरी तरह से अगले से ज्यादा सीटों में हमें जिताइए।भगवान प्रभु श्री राम जी के आशीर्वाद से इस बार जरूर जीतूंगा मुझे बिस्वास है।में बस इतना ही कहना चाहूंगा।धन्यवाद नमस्कार जय श्री राम।सभी लोग जोर से चिल्लाकर कहते हैं जय श्री राम। हर तरफ लोग खुश दिखाई पड़ते हैं।

ये देखकर सुशील कहता है बहा मुझे पता चल गया है की इस बार आप ही निर्वाचन जीतेंगे।

संजय ठाकरे खुशी मन में कहता है ये जीत होने के बाद मेरा

नाम पूरे महाराष्ट्र में गुंजेगा।

बिलकुल संजय जी।

भाग 11

निर्वाचन का फलाफल आना:

संजय ठाकरे और गीता ठाकरे मंदिर जाते हैं।भगवान का आशीर्वाद लाने के बाद घर लौटते हैं।संजय ठाकरे घर पहुंचते ही उनके कार्य कर्ता को मिठाई बांट ने का निर्देश देते हैं।

ये सुनकर सभी कार्य कर्ता खुशी के मारे चिलाने लगते हैं।

सुशील कहता है संजय जी मुझे पता है की इस बार हम सबसे जायदा भोट में जीतेंगे।सब कार्य कर्ता सुनो जोर -जोर से बजा बजाओ और गाना बजाओ।आज का दिन खुशी का दिन है।

समय करीब 12:15 बजे निर्वाचन फला फल घसीत होता है।"ठाकरे" दल 50 सीटों में से 30 सीट में जीत दर्ज किया होता है।और एक चौंकाने बाला खबर आता है।

नया ‘‘नवनिर्माण’’ दल राजू ठाकरे का पांच सीटों में जीत दर्ज किया होता है।ये देखकर नवनिर्माण दल के सभी कार्य कर्ता में खुशी की लहर दौड़ने लगता है।

ये बात सुनकर दूसरे खेमों में मतलब संजय ठाकरे के खेमों में थोड़ा बहुत बैचनी दौड़ने लगता है।सुशील शर्मा कहता है संजय जी ये जो आप न्यूज़ देख रहे हैं न इसमें कोई सत्यता नही है।ये एक जुमला है।हमसे कोई टक्कर नही ले सकता है।हम इसे देख लेंगे।आपके सामने ये कुछ भी नही है।

संजय थोड़ा सोचकर उत्तर देता है हा मुझे भी ऐसा लगता है।लेकिन संजय के चेहरे में बैचेनी साफ नजर आ रहा होता है।

भाग 12

गीता और संजय का बात चीतः

शाम के समय संजय जीत का जश्न मनाकर घर आता है।मन में थोड़ा उदाशी दिखाई पड़ रहा होता है।

ये देखकर गीता कहती हैं किया हुआ है आपको?आज तो अच्छा खबर आया है। हमें बहुत सीट मिला है।मतलब हमें बहुमत मिला है।फिर भी आप उदाश दिखाई पड़ रहे हैं!

हा;मुझे एक बात की चिंता हो रहा है।

बात किया है? आप बोलिए तो सही।

मुझे एक बात चकित कर रहा है।की राजू किस तरह से इतने सीटों पर जीत लिया?उसका एक साल का पार्टी है।और हमारा इतना पुराना पार्टी फिर भी!

ओह;आप भी ना इस बात से चिंतित हैं।देखिए अगर बो पांच सीटों से जीत भी गया है ना।तो भी हमें कोई फरक नही पड़ना चाहिए।हमारा इतना पुराना पार्टी है।और बो हमारे पुराने पार्टी को टक्कर नही दे सकता है।आप चिंता करना छोड़ दीजिए।

ठीक है तुम कह रहे हो तो में चिंता नहीं करता हूं।लेकिन हमें आगे सतर्क रहना होगा।

बिलकुल जी हम पूरी तरह से सतर्क हैं और आगे भी सतर्क रहेंगे।मैंने सुशील को कहा है कि बो इस मामले को गंभीरता से

ले और राजू का पार्टी को पूरी तरह से खतम करने की काम करे।

हा;ऐसा ही होना चाहिए।कोई भी गड़बड़ी नहीं होना चाहिए।बरना मुझे रात को नींद नहीं आएगा।इसका कुछ न कुछ करना ही होगा।

भाग 13

सन 2007 राजू ठाकरे का अभी भाषण:

समय करीब आठ बजे राजू ठाकरे एक बहुत बड़े जनसभा को संबधित करने के लिए अपने घर से निकल पड़ता है।राजू ठाकरे का एक बिस्वस्त नेता या बोलिए करीबी नेता उसके साथ होता है।

बरिष्ट नेता कहता है ठाकरे जी ये सोभा आपको बहुत बड़ा पहचान देने बाला है।मुझे ऐसा लगता है ये सोभा से सभी को पता चल जाएगा की। आप ही अगले ठाकरे हैं। फिर आपको कोई और रोक नही सकता है।आपका ही महाराष्ट्र में राज चलेगा।

तुम जो कह रहे हो,ये बात सुनने में अच्छा लगता है।लेकिन हक्कित में ये आसान नहीं है।

आसन है;अगर हम पूरे जोर से कोशिश करते हैं।तो ये कोई बड़ी बात नहीं है।हम कुछ भी कर सकते हैं।बस कोशिश करना चाहिए।

हम तो अभी कोशिश ही कर रहे हैं न। अरे भाई गाड़ी इतना धीरे

-धीरे क्यूं चला रहे हो?

वरिष्ठ नेता कहता है ठाकरे जी यही तो चाल है।

मतलब किया है?

इसे कहते हैं,सियासी चाल। पंद्रा गाड़ी आगे पीछे चल रहे हैं।हम धीरे – धीरे जाएंगे तभी तो लोग हमें देखेंगे।सब लोग यही कह रहे होंगे की।ये राजू ठाकरे जा रहे हैं।

बाह -बाह किया बात है!तुम्हारा इतना अच्छा दिमाग चलता है।

नही ठाकरे जी;ये तो आपका शिक्षा है।बरना में कहां ये सब कर पता?

नही -नही मुझे सब पता है।तुम्हारा बहुत ही दिमाग है।ये आगे बहुत काम आएगा।

ठीक है ठाकरे जी।आप जैसा कहेंगे वैसा ही होगा।हम पहुंच रहे हैं सोभा की और।

हा में तैयार हूं।

ठाकरे सोभा में पहुंचजाते हैं हर तरफ लोग जोर -जोर से चिल्ला रहे होते हैं।राजू ठाकरे जिंदाबाद,राजू ठाकरे जिंदाबाद,राजू ठाकरे जिंदाबाद।इस तरह की नारों से पूरा जनसोभा कांप जाता है।

राजू ठाकरे गाड़ी से उतरता है और मंच की और जाता है।मंच में पहुंचने के बाद सभी का अभिवादन स्वीकार करता है।सभी को नमस्कार करने के बाद कहता है मेरे प्यार भाई और बहनों।मुझे पूरा विश्वास है कि आप सभी लोग अच्छे ही

होंगे।में आप सभी को एक बहुत बड़े बिसॉय पर कहने आया हूं।आप सभी ने मुझे और मेरे दल को जिस तरह से प्यार दिया।ये अद्भुत पूर्व था।आप सभी का इस तरह की प्यार मिलने के बाद मुझे यकीन हो गया की।अब और परिबारबाद राजनीति और ज्यादा दिन नहीं चलेगा।बाप के बाद बेटा मंत्री होता था।लेकिन ये निर्वाचन बता दिया की ये सब और नही चलेगा।

लोग खुशी से चिल्लाने लगते हैं राजू ठाकरे जिंदाबाद,राजू ठाकरे जिंदाबाद,राजू ठाकरे जिंदाबाद……………।

राजू का करीबी वरिष्ट नेता कहता है ठाकरे जी आप तो जानते ही आज आप का नाम पूरी दुनिया में प्रसिद्ध हो चुका है।आप हिंदुत्व का एक बहुत बड़े चेहरे बन चुके हैं।आपके सामने और कोई टिक नहीं सकता है।

राजू हैश -हैश कर जवाब देता है।बिलकुल तुम सही कह रहे हो।तुम्हारे बातों से मुझे ऐसा लग रहा है की बहुत जल्द हम क्षमता में आएंगे।

जी बिलकुल;अभी इस राज्य में हमारा ही चलेगा।

सोभा खतम होता है और राजू ठाकरे वहां से निकल जाता है।

भाग 14

संजय और गीता का बात चीतः

शाम के करीब पांच बजे संजय अपनी दल की ऑफिस से घर आता है।और फिर बाहर चौकी पर बैठ जाता है।

गीता,संजय के चेहरे पर उदासी देखकर कहती हैं।किया हुआ है

जो आप इस तरह से उदासी दिखाई पड़ रहे हैं?

संजय,गीता की ओर चकित निघाओं में देखता है। और कहता है तुम्हे कुछ पता नहीं है?

नही; ऐसा किया बात है जो मुझे पता होना चाहिए?

आज का न्यूज तुमने शायद देखा नहीं है,तो फिर अच्छी तरह से देखो लो।

आज का न्यूज में कोई खाश है किया?

तुम तो कहती हो मुझे सब कुछ पता होता है।लेकिन तुम्हे कुछ पता नहीं है।ये तो बहुत अच्छी बात है।

लेकिन हुआ किया है?ये तो बोलिए!

राजू ठाकरे का आज एक शोभा था तुम्हे तो ये मालूम है न।

हा मुझे मालूम है।लेकिन हुआ किया है। सभा में कुछ हुआ है किया?या किसीने बॉम्ब ब्लास्ट कर दिया है।

नही ये सब कुछ नही हुआ है।उसने शोभा में परिवारवाद खतम करने की बात कर रहा था।

गीता जोर -जोर से होशने लगती है।और कहती हैं ओह इतनी सी बात के लिए आप चिंतित हो।ये कोई बड़ी बात तो नहीं है।

तुम होश रही हो!ये कोई होशने की बात है किया?

गीता,संजय की और देखकर कहती हैं, तो फिर में किया करूं?आप बोलिए तो सही।आपकी बात ही ऐसी है।जो भी सुनेगा,बो होशी रोक नही पाएगा।ये कोई बात है किया?में अभी जाकर इस बारे में सुशील से बात करती हूं।

तुम कुछ भी करो,लेकिन इसे रोक दो।

जी, आप चिंता मत कीजिए,में कुछ करता हूं।

गीता और सुशील का बात चीतः

रात के करीब आठ बजे सुशील, संजय ठाकरे के घर आता है।

संजय ठाकरे कहता है आओ बैठो;तुम ठीक तो हो न?

सुशील मुस्कुराते हुए कहता है जी हा में ठीक हूं।और आप कैसे हैं बताइए?

में ठीक हूं,बस मुझे ये बात की चिंता हो रहा है की हमारा दल कहीं कॉम जोर ना पड जाए।

किया बात कर रहे हैं आप?हमारा दल ओह भी कॉम जोर!कभी नहीं,कभी नहीं।ये दल देवनाथ ठाकरे जी ने खड़ा किया हुआ है।और इस दल को कोई कॉम जोर नही करा सकता है।आप चिंता मत कीजिए हम मजबूत स्थिति में हैं।

तुम्हारा बात सुनकर तो मुझे बहुत अच्छा लगता है।ठीक है अगर तुम कह रहे हो तो बात सही ही होगा।तभी गीता बुलाती हैं।सुशील,गीता के पास जाता है और चौकी पर बैठ जाता है।दोनों के बीच बात सुरु होता है।

गीता कहती हैं सुशील तुम कुछ भी करो इस 'नवनिर्माण'दल को पूरी तरह से मिटा दो।

सुशील,गीता की ओर देखकर कहता है ओह ये छोटी सी दल को।में इसे कभी भी मिटा सकता हूं।ये कोई बड़ी बात तो नहीं है।एक छोटी सी दल हमारा कुछ भी बिगाड़ नहीं सकता है।इसे

तो यूं ही मिटा दूंगा।

तो फिर ठीक है जितना भी पैसा चाहिए बोल देना।लेकिन ये दल हमें नही दिखना चाहिए।

ठीक है गीता जी में इस दल के ऊपर कड़ी करवाई करता हूं।आप ज्यादा चिंतित मत होइए,में सब कुछ संभालूंगा।आप अभी आराम कीजिए, में जा रहा हूं।

ठीक है तो फिर में अभी थोड़ा शांत हो जाती हूं।

भाग 15

सुशील का वरिष्ठ नेताओं के साथ बात चीतः

सुशील सुबह करीब दश बजे दल के सभी वरिष्ठ नेताओं का बैठक बुलाता है।दल के सभी वरिष्ठ नेता बैठक में पहुंचते हैं।बैठक सुशील के घर पर ही हो रहा होता है।सुशील सभी नेताओं को गहरी आंखों से देखकर कहता है हमें जैसे भी हो "नबनिर्माण"दल को तोड़ना होगा।इसके लिए जो भी जरूरत हो तुम बो सब कुछ करो।

एक वरिष्ठ नेता कहता है हा सब कुछ हो सकता है।लेकिन इसके लिए पैसा बहुत खर्च होगा।

सुशील बो नेता की और देखकर;ठीक है कोई बात नही।जितना भी पैसा खर्च हो में देने के लिए तैयार हूं।लेकिन तुम सब लोग मिलकर नवनिर्माण दल को पूरी तरह से तोड़ दो।में और इस दल को देखना नही चाहता हूं।ठाकरे जी को भी ये दल पसंद नहीं आ रहा है।

आप चिंता मत कीजिए हम सब हैं आपके साथ।आप ऐसा समझ लीजिए की दल टूट चुकी है।में आज से ही उनके दल के सभी कार्यकर्ताओं को खरीद लूंगी।आप करोड़ रुपए देंगे और में उनके हजारों कार्यकर्ताओं को खरीद लूंगी।

लेकिन एक बात है! किया बो सब इस के लिए तैयार होंगे?

ओह ये छोटी सी बात।ये कोई बात है किया?लाखों और करोड़ों रुपए के लिए हर कोई बिक जाएगा।आपको तो पता ही हैं ये सब कुछ।

सुशील वरिष्ट नेता की और कड़ी नजर से देखता है और कहता है।तो ऐसा है।तो फिर तुम भी तो लाखों और करोड़ों के लिए बिक जाओगे।

जी नहीं; कैसी बात कर रहे हैं आप?में कभी भी ऐसा काम कर नही सकता हूं।

तो फिर किया बो सब लोग ऐसा काम करेंगे?चुप क्यूं हो? जवाब दो!

जी में कोशिश करूंगा।

अच्छा अभी बोल रहे थे करोड़ों रुपए दीजिए में सभी को खरीद लूंगी।तुम अगर काम नहीं कर सकते हो तो इस तरह की बात मत करो।करोड़ों रुपए लेकर तुम अपना सब कुछ करना चाहते हो।मुझे पता नहीं है किया?

जी नहीं,में ऐसा नहीं कर सकता हूं।तभी और एक वरिष्ठ नेता कहता है शर्मा जी अगर आप बुरा न माने तो में एक बात कहूं।

सुशील नेता की और देखकर कहता है हा बिलकुल जी।इसीलिए तो ये बैठक बुलाता गया है।बस आप एक बार सिर्फ कोई अच्छा बात बोलिए।

जी में इस पर विचार करके बोल रहा हूं। अगर हम उनके दल के कोई बड़े नेता को इधर उधर बात कह कर हमारे दल में सामिल करते हैं।तो आप समझ लीजिए उनकी दल पूरी तरह से कोमजर हो जाएगा।

किया बात बोला है तुमने?सुनकर मजा आ गया। हा, हा, हा………………सुशील जोर - जोर से हंसने लगता है।दल के सभी नेता सुशील को देखकर मुस्कुरा रहे होते हैं।

वरिष्ट नेता मुस्कुराते हुए कहता है तो हम इसी उपाय पर काम करते हैं।

सुशील धीर आवाज पर कहता है,हा बिलकुल।ऐसा ही करो।किसी भी तरह की कोई परिशानी नही होना चाहिए।

तो में आज से ही शुरू कर देता हूं।

ठीक है करो,में ठाकरे जी से इस पर बात करता हूं।लेकिन एक बात, तुम सब लोग मिलकर ये काम करना।कोई भी, में अकेले कर लूंगी ऐसा मत सोचना।

जी नहीं,हम सब मिलकर ही ये काम करेंगे।

भाग 16

नवनिर्माण दल कोमजर होना:

सन 2010 में एक बहुत बड़ा झटका राजू ठाकरे को मिलता है।अपने करीबी वरिष्ट नेता दिलबाग सिंह "नवनिर्माण" दल छोड़ कर "ठाकरे"दल में सामिल हो जाते हैं।राजू ठाकरे विचलित हो कर दल का एक जरूरी कालीन बैठक बैठक बुलाते हैं।

दल के सभी बड़े -बड़े नेता इस सभा में सामिल होते हैं।

सभा आरंभ होता है।राजू विचलित भाव से सभी नेता को देख रहा होता है।

तभी एक वरिष्ठ नेता कहता है ठाकरे जी आप चिंतित दिखाई पड़ रहे हैं।

हा बहुत ही चिंतित हूं।हमारा दल का एक बड़े और दिमाग बाला नेता हमे छोड़ कर चला गया है।हमारा दल में तो उसे अच्छा सम्मान मिल ही रहा था।तो फिर अचानक ऐसा किया हुआ?जो हमे छोड़ कर बो चला गया।

ठाकरे जी,उनसे लगभग 100 करोड़ का डील हुआ है।और दल सरकार पे आने के बाद मंत्री पद भी दिए जाने की बात हुआ है।ऐसा सुनने को मिला है।

राजू मायूस होकर जवाब देता है।बो कभी भी दल ना छोड़ने की बात करता था।लेकिन पैसों के लिए अपना सब कुछ बेच दिया।

ठाकरे जी; अभी के समय में पैसा ही सब कुछ है।पैसा है तो दल है,पैसा नही तो दल भी नहीं।

तुम सही कह रहे हो।अभी बोलो हम किया करें?

ठाकरे जी, एक आदमी की जाने से दल खतम नही होता है।अभी हमें अगेकी बारे में सोचना चाहिए।दल कैसे मजबूत होगा?और दल कैसे आगे बढ़ेगा?

राजू ठाकरे ऊंची आवाज में सभी नेताओं की और देखकर कहता है।कोई दल छोड़े या कोई और कुछ करे।मुझे कोई फरक नही पड़ता है।में अकेला ही सब कुछ करने के लिए तैयार हूं।दल मजबूत है,मजबूत था,मजबूत रहेगा।किसके जाने आने से मुझे कोई दिक्कत नहीं होता है।

दल के वरिष्ट नेता सब चिल्लाकर कहते हैं,कुछ भी हो जाए हम सब आपके साथ हैं और हमेशा आपके साथ रहेंगे।सभा खतम होता है और सभी लोग चले जाते हैं।

वरिष्ट नेता का दल छोड़ने के बाद धीरे -धीरे उनके सभी छोटे - छोटे नेता दल छोड़ना शुरू कर देते हैं।दल और पहले जैसा नाम कमा नही पता है।धीरे -धीरे दल का लोकप्रियता कम होने लगता है।

भाग 17

सन 2011:

देवनाथ ठाकरे जी का तबियत खराप होने लगता है।उन्हें हैस्पिटल में भर्ती कराया जाता है।ये खबर प्रसारित होने के बाद बहुत बड़े नेता और दलियो कर्मचारी उन्हें मिलने के लिए हैस्पीटल के बाहर आ पहुंचते हैं। हर तरफ सिर्फ और सिर्फ देवनाथ जी का ही खबर प्रसारित होने लगता है।मुंबई पूरी तरह

से जाम हो जाता है।लाखों लोग हैस्पिटल के बाहर आ कर जमा होने लगते हैं।देवनाथ जी एक बहुत बड़े हिंदुत्व के लीडर थे।उनका जैसा कोई और नहीं है।लोगों के अंदर बैचेनी बढ़ने लगता है।लोग अपने मालिक,अपने लीडर के बारे में जानने के लिए बेसब्री से इंतजार कर रहे होते हैं।तभी संजय ठाकरे और उनका पत्नी गीता ठाकरे हैस्पीटल पहुंचते हैं।और साथ में सुशील शर्मा भी होता है।

संजय ठाकरे सभी लोगों को अभिवादन देते हुए कहता है।आप सभी लोग चिंता मत कीजिए बो अभी ठीक है मुझे देखकर ऐसा लग रहा है।की बो बहुत जल्द ठीक हो जाएंगे।ये बात सुनकर लोग थोड़ा बहुत आशस्त हो जाते हैं।

कुछ समय के बाद हैस्पीटल से खबर मिलता है की देवनाथ ठाकरे जी और नही रहे।

ये बात सुनते ही लोगों के मन में बैचेनी छा जाता है।लोग हर तरफ चिल्लाने लगते हैं।जोर -जोर से रोने लगते हैं। हर तरफ शॉक का माहोल पैदा हो जाता है।लोग अपने लीडर को खोने के गम भुला नहीं पाते हैं।पूरा महाराष्ट्र शॉक में डूब जाता है।

ये खबर सुनते ही राजू ठाकरे चिंतित में पड़ जाता है।

वरिष्ट नेता सब कहते हैं ठाकरे जी आप किया सोच रहे हैं?

राजू मायूस होकर जवाब देता है।कुछ नही बस अपने विचार ढूंढ रहा हूं।

वरिष्ट नेता सब चकित हो कर जवाब देते हैं।हम कुछ समझे नहीं।

ये सब कुछ, मेरा प्यार देवनाथ ठाकरे जी मुझे छोड़ कर चले गए।जो मुझे कुछ अच्छा नहीं लग रहा है।ये एक बहुत ही चिंता का बिशोय है।अब मुझे जाकर उनसे मिलना चाहिए।

वरिष्ट नेता सब कहते हैं सिर्फ आप ही नहीं हम सब लोग भी आपके साथ जाएंगे। सिर्फ बो एक बड़े नेता ही नहीं बल्कि बो हमारे मार्ग दर्शक भी हैं।उनके बिना हम सब भी अधूरे हैं।

राजू ठाकरे सभी नेता को देखते हुए कहता है। सुनों तुम सब लोग, में मेरा पूरा नवनिर्माण दल को देवनाथ ठाकरे जी के अंतिम यात्रा में सामिल होने का निर्देश देता हूं।

वरिष्ट नेता सब कहते हैं तो फिर चलिए चलते हैं।

भाग 18

संजय ठाकरे का अकेले में पड़ जाना:

संजय ठाकरे अपने चौकी पर मायूस हो कर बैठा हुआ होता है।

तभी गीता पास आती है और कहती हैं आप इतना मायूस दिखाई पड़ रहे हैं।

संजय गीता की और मायूसी में दिखता है और कहता है कुछ नही बस पिताजी की याद आ रहा है।

हा में जानती हूं,आप उनको कितना प्यार कर रहे थे।लेकिन अभी आपको मजबूती के साथ दल को आगे लेने के बारे में सोचना होगा।आपके पिताजी का आदर्श को साथ में लेना

होगा।और आगे की और बढ़ना होगा।

बो तो है,लेकिन मुझे ऐसा लगता है की। मेरे पिताजी के जाने बाद मेरा दब दबा कहीं कम न हो जाए!

ऐसा कुछ भी नही है।आप बेकार की चिंता कर रहे हैं।अभी आप खुद दल को चलाएंगे और आपके साथ आपका बेटा भी दल में अपना काम करेगा।और में भी तो हूं।तो फिर आप अकेले कैसे हुए?

संजय हंस -हंस कर जवाब देता है।ऐसी बात है तो फिर मुझे,किसी भी बात को लेकर कोई डर नही है।

गीता,संजय का हाथ पकड़ कर कहती हैं, आप तो आगे पूरा महाराष्ट्र का नेतृत् करने वाले हैं।इसीलिए आपको अभी से तैयारी करना पड़ेगा।

संजय गीता की ओर देखकर कहता है, में पूरी तरह से तैयार हूं। लेकिन सोच बात तो ये है की।देवनाथ ठाकरे का जाने के बाद संजय ठाकरे का दल में दबदबा कम होने लगता है। कियूंकि?संजय ठाकरे के पास उसके पिताजी जैसा बुद्धि होता नही है।बुद्धि कम होने के चलते,अपना दबदबा कायम रखने में असफल रहता है।

भाग 19

विधान सभा निर्वाचन की तैयारी:

संजय ठाकरे अगले विधान सभा निर्वाचन की तैयारी के लिए।अपनी दल की बैठक बुलाता है।बैठक में सभी बड़े -बड़े

नेता उपस्थित होते हैं।दल की बड़ी बोल-बाला नेता सुशील शर्मा भी उपस्थित होता है।

संजय ठाकरे कहता है,हम सभी को ये विधान सभा निर्वाचन कैसे भी हो जितना होगा?

एक वरिष्ट नेता कहता है, जी ठाकरे जी आप चिंता मत कीजिए इस बार हमारी ही सरकार आएगी।ये जो दूसरे दल हैं,हमारे सामने टिक नहीं पाएंगे।

तभी और एक वरिष्ठ नेता कहता है,लेकिन ये जो केंद्र में जो दल सरकार में है बो हमें टक्कर दे सकता है।मुझे ऐसा लगता है।

सुशील चिल्लाकर कहता है, ओह ये दल ये हमारा ज्यादा कुछ बिगाड़ नहीं सकता है।इसे हम देख लेंगे,ये कोई चिंता की बात नहीं है।महाराष्ट्र में सिर्फ और सिर्फ ठाकरे जी का ही चलेगा।किसी और का इतना हिम्मत नही जो बो ठाकरे जी के खिलाफ जाकर काम कर सकता है।यहां सिर्फ और सिर्फ ठाकरे जी का नाम ही चलता है।ये तो हर किसी को पता है।

संजय अपनी आंख को जोर से खोलकर कहता है ठीक है,लेकिन आगे कोई परिशानी नही होना चाहिए।ये जिम्मेद्दारी कौन लेगा?

तभी एक बड़ा वरिष्ट नेता कहता है,इसका जिम्मेदार सुशील शर्मा लेंगे।क्यूं सुशील जी?

सुशील थोड़ा घबराकर और थोड़ा मुस्कुराकर जवाब देता है हा, हा बिलकुल।में देख लूंगी।

संजय कहता है हा मुझे सुशील पर बिस्वास है।लेकिन रणनीति अच्छी तरह से तैयार करना।हमारी प्रचार प्रसार में कोई कमी नहीं होनी चाहिए।निर्वाचन के लिए कितना भी पैसा खर्च होता है। हमें कोई फरक नही पड़ता है।बस हमें जितना है और इस राज्य का नेतृत लेना है।

सुशील मुस्कुराकर जवाब देता है,हा आप ही तो है आपके पिताजी के बाद जो इस राज्य का नेतृत ले सके।आपके बाद आपका बेटा इस राज्य का नेतृत लेने वाला है।उस समय एक आवाज सुनाई देता है।सब लोग मूड कर देखते हैं।तो चकित रह जाते हैं।

रहित ठाकरे सभा में आ पहुंचता है।रहित ठाकरे,संजय ठाकरे का बेटा होता है। रहित ठाकरे जोर -जोर से चिल्लाकर कहता है,पिताजी हम ही जीतेंगे और आप महाराष्ट्र का नया सीएम बनेंगे।इस बार से आप का महाराष्ट्र में शासन चलेगा।बस और कुछ दिन की बात है।कोई हमे रोक नही सकता है।

सुशील जोर -जोर से हंस -हंस कर कहता है हा बात सही बोले हैं रहित बेटा।इस बार आपके पिताजी नया सीएम बनचुके हैं।

संजय ठाकरे अपनी सीना को बड़ा कर के कहता है, तो फिर ठीक है तुम सब मिलकर अपना काम करना सुरु कर दो।

भाग 20

2014 निर्वाचन फलाफल आनाः

ठाकरे खेमों में खुशी की लहर दौड़ रहा होता है। हर तरफ मिठाई बांटने की तैयारी में सब होते हैं।कुछ समय के बाद सही फला -फल आने की इंतजार में सब होते हैं।

एक वरिष्ट नेता कहता है ठाकरे जी इस बार आप सीएम बनने वाले हैं।और मुझसे अपने कहा था इस बार एक बड़ा पार्टी देंगे।

संजय ठाकरे मुस्कुराकर कहता है, हा बिलकुल मेरे दोस्त इस बार बड़ा पार्टी मिलेगा तुम सब को।

फला -फल घोषणा होता है।ठाकरे दल को 55 सीटें ही मिलता है।ये सुनकर ठाकरे खेमों में दुख की लहर छा जाता है। हर तरफ निराश ही निराश दिखाई देता है।

संजय ठाकरे किसी को कुछ न कह कर चुप चाप बैठ जाता है। ये देखकर सुशील शर्मा चिल्ला कर कहता है,कोई बात नही तुम सब निराश मत हो।हम दूसरे नंबर पर हैं।बहुत जल्द कुछ न कुछ करेंगे।चलो तुम सब नाचो गाओ और खुशी मनाओ।किसी भी तरह की कोई चिंता मत करो।

महाराष्ट्र में "सम्मान" दल सरकार बनाता है।और केंद्र में भी सरकार बना लेता है। हर तरफ ये देखकर लोग पागल जैसे हो जाते हैं।कोई सोचा भी नही था की ऐसा होने बाला है।लेकिन सभी को चकित करके "सम्मान" दल सरकार में आ जाता है।

भाग 21

गीता ठाकरे का योजना बनानाः

संजय उदास मन में अपनी रूम में जाकर बैठा होता है।तभी सुशील शर्मा पहुंचता है।

सुशील धीर -धीरे संजय के पास पहुंचता है।और कहता है किया हुआ है संजय जी? आप इतना खामोश बैठे हैं!

कुछ नही; बस कुछ सोच रहा हूं।तभी गीता की आवाज सुनाई देती है।

गीता कहती हैं कुछ नही आप तो जानते हैं।बो सत्ता में आना चाहते थे।लेकिन आ नही पाए,तो उन्हें कुछ अच्छा नहीं लग रहा है।

ओह ये बात है,ये कोई बड़ी बात तो नहीं है।आज बो जीते हैं हम कल जीतेंगे।निर्वाचन में तो हर जीत होता ही रहता है।इसमें इतना सोचने की कोई बात नही है।

गीता कहती हैं,सुशील जी में एक सुझाव देना चाहता हूं।किया ये सही है? की नही बस आप इतना बताना।

सुशील कहता है, हा जी बोलिए।

में कहे रहा था की,अगर हम सम्मान दल के साथ गठबंधन की सरकार बना ले तो।कोई परिशानी है किया?

सुशील जोर -जोर से हंस -हंस कर जवाब देता है।ये तो बहुत अच्छी बात अपने बोला है।में भी सोच रहा था की ऐसा करना चाहिए।उनका सोच जैसा हमारा सोच भी वैसा ही है।बो हिंदुत्व को लेकर साथ चलते हैं।और हम भी हिंदुत्व को लेकर साथ चलते हैं।दोनों दल का सोच एक ही तरह है।

तो फिर आप बात कीजिए,सम्मान दल के साथ।

जी गीता जी;में आज ही बात करता हूं।

भाग 22

सुशील शर्मा का सम्मान दल के साथ बात चीत:

सुशील शर्मा सम्मान दल के बड़े नेता से मुलाकात करता है।और कहता है "ठाकरे" दल आपके साथ मिलना चाहता है।

सम्मान दल के बड़े नेता कहता है ठीक है, तो फिर हम भी तैयार हैं।आपके साथ मिलने के लिए।

संजय धन्यवाद देता है और वहां से निकल जाता है।

भाग 23

संजय और गीता के बीच बात चीत:

संजय खुशी मन में ठाकरे जी का घर में पहुंचता हैं।

गीता,संजय को खुशी मन में देखकर मुस्कुरा कर कहती हैं,मुझे पता है की आप अच्छी खबर ही लाए हैं।

संजय भी मुस्कुरा कर कहता है, हा गीता जी सब कुछ ठीक हो गया।अब कोई परिशानी नही है।बस आप एक जोर -जोर से हंस दीजिए।

गीता हंस -हंस कर कहती हैं,उन्होंने किया कहा?

संजय अपना सीना चौड़ा करके कहता है,संजय जी उप मुख्यमंत्री बनेंगे और उनके दल के कोई बड़े नेता मुख्यमंत्री बनेगा।

कोई बात नही,जो भी हो हमें क्षमता में आना है। एक नेता को किया चाहिए?बस क्षमता चाहिए।

संजय कहता है,अपने सही कहा है गीता जी।नेताओं के लिए अभी के समय में क्षमता ही सब कुछ है।क्षमता नही तो कुछ भी नही, क्षमता है तो सब कुछ है।ठीक है तो फिर में चलता हूं।कल फिर मिलेंगे।

गीता मुस्कुरा कर कहती हैं जी जरूर।

भाग 24

2019 निर्वाचन की तैयारी:

संजय ठाकरे अपनी दल की बैठक बुलाता है।सभी बड़े -बड़े नेता बैठक में सामिल होते हैं।संजय ठाकरे कहता है तो फिर इस बार हम सम्मान दल के साथ मिलकर निर्वाचन लड़ेंगे।तुम लोगों का किया मत है?

इससे पहले की कोई बोलता,सुशील चिल्ला कर कहता है,आप जो निस्पति लेंगे बो ही सर्व सर्वा है।आपके विरुद्ध कोई नही जा सकता है।अपने कह दिया मतलब बो हमारे लिए आदेश समान है।

संजय ये बात सुनकर खुशी मन में कहता है कोई बात नही।आप सब लोग मुझे इतना प्यार करते हैं।यही मेरे लिए सब कुछ है।मुझे और कुछ नही चाहिए।बस आप लोगों का प्यार चाहिए।

सुशील,संजय की और देखकर कहता है कोई बात नही जी। हम सब लोग ठाकरे परिवार के प्रति निष्ठा पर हैं।

भाग 25

2019 निर्वाचन की फला -फल आना:

ठाकरे दल मजबूती के साथ आगे की और बढ़ता है।और सम्मान दल के बाद दूसरे नंबर पर आता है।ये देखकर संजय ठाकरे खुशी के मारे नाचने लगते हैं।दल के सभी कार्य करता भी खुशी में नाचने लगते हैं।

संजय चिल्ला -चिल्ला कर बोल रहा होता है।फिर से हम सरकार में आ गए।अब कोई परिशानी नही है।फिर से महाराष्ट्र में ठाकरे सरकार।

भाग 26

गीता का एक योजना बनाना:

शाम के समय सुशील ठाकरे जी के घर पर आता है।

गीता कहती हैं, संजय जी में एक बात कहना चाहता हूं।

हा,बोलिए ना।किया बात है?

में बोल रहा था की हम इस बार सम्मान दल के साथ गठबंधन की सरकार नही करेंगे।

संजय चकित हो कर कहता है,ठीक है तो फिर हम इस बार,बिपख में रहे जाते हैं।

नही जी;आप मेरे बात को नहीं समझे।मेरे कहने का मतलब है कि हम दूसरे दलों के साथ मिलकर सरकार बनाएंगे।ऐसे में

हमें बहुत फायदा मिलेगा।मुझे ऐसा लगता है की इससे हमें सीएम का पद मिल सकता है।

बात सही कहा है अपने जी।ऐसे में संजय जी महाराष्ट्र का मुख्यमंत्री बन जाएंगे।ये तो बहुत अच्छी बात है।आप कह तो में बात करूं।

जी हा;जल्द से जल्द बात करिए और हमें बताइए।

भाग 27

सुशील का खुशी खबर देना:

सुशील,गीता जी को फोन करता है और कहता है हो गया आप जो चाहते थे बो हो गया।अब और कोई परिशानी नही है।

गीता खुशी के मारे कहने लगती है बाह -बाह ये बहुत ही खुशी की बात है।आप हमारे घर तुरंत आइए।आपसे बहुत सारे बात करनी है।

ठीक है जी।

भाग 28

‘‘दल में असंतश होना:

ठाकरे’’ दल के कुछ बड़े -बड़े नेता इस तरह की फैसले से नाराज़ होते हैं।उसमे से एक का नाम होता है स्वामी प्रसाद जो पूरी तरह से घुसे में एक बैठक अपने बासभावन में बुलाता है।

कुछ बड़े - बड़े नेता बैठक में सामिल होते हैं।

स्वामी प्रसाद कहता है भाई ये किया हो रहा है?आज ठाकरे दल किस ओर जा रहा है?में कुछ समझ नहीं पा रहा हूं।देवनाथ

ठाकरे जी का आदर्श और कुछ भी रहा नही।ऐसे में मुझे लगता है।इस दल में रहे कर किया फायदा?"ठाकरे" दल हिंदुत्व के लिए जाना जाता है पूरी दुनिया में।लेकिन आज हम उन्हीं आदर्श को भूल रहे हैं।

एक वरिष्ट नेता कहता है,और किया बोले आपसे प्रसाद जी?आप तो सब कुछ जानते ही हैं।

हा;में कुछ करता हूं।आप सब लोग मेरे साथ है न!

सभी बड़े -बड़े नेता कहते हैं, हा जी हम सब आपके साथ हैं।

भाग 29

गीता और संजय का बात चीतः

गीता कहती हैं,आज आप बहुत खुश नजर आ रहे हैं।

हा;तुमने सही कहा।आज में बहुत खुश हूं।और खुश क्यूं बा ना रहूं?में मुख्यमंत्री जो बन गया हूं।ये सब कुछ तुम्हारे लिए हो रहा है।

सुनिए तो,मुझे आपको कुछ जरूरी बात बताना चाहता हूं।आप तो जानते होंगे आज प्रसाद जी ने उनके घर पर एक बैठक बुलाया था।और मुझे एक विशेष सूत्र के हवाले से ये खबर मिला है की।बो हमारा दूसरे दल के साथ मिलकर जो सरकार बनाया है।इसे उसने विरोध किया है।

संजय कुछ कहे;उससे पहले ही सुशील शर्मा कहता है ये कोई बड़ी बात नहीं हैं।गीता जी आप इस तरह की बात करके ठाकरे जी को उदास मत कीजिए।ये हमारा कुछ बिगाड़ नहीं सकता

है।बो अकेले जाने से हमें कोई फरक नही पड़ जाएगा।में बैठक में सामिल हुए बड़े -बड़े नेता से बात करूंगा और इसे ठीक कर दूंगा।और ऐसा कोई है भी नहीं जो ठाकरे परिवार के साथ बगावत करके महाराष्ट्र में रहे सकता है।

गीता जी कहती हैं, तो फिर ठीक है।

भाग 30

तीन साल के बाद:

स्वामी प्रसाद 45 विधायक को लेकर महाराष्ट्र से बाहर बिहार चला जाता है।

ये खबर सुनते ही संजय ठाकरे विचलित हो जाता है।और तुरंत दल की बैठक बुलाता है। सिर्फ बचे कूचे नेताओं को छोड़ कोई और बैठक में आता नही है।ये देखकर संजय पूरी तरह से विचलित हो जाता है।

गीता धीमी आवाज में कहता है,ये किया हो गया है?सारे नेता हमें छोड़ कर प्रसाद के साथ भाग गए।

सुशील चिल्ला कर कहता है आप इसका चिंता मत कीजिए।कुछ हुआ नही है।कोई कहीं गया नही है।पूरा दल हमारे साथ है।घबराने की कोई जरूरत नही है।में कुछ करता हूं।

लेकिन सुशील शर्मा की बातें सिर्फ बातों में रहे जाता है।

"ठाकरे" दल पूरी तरह से टूट की कगार पर आचुकी थी।"ठाकरे" दल को कोई भी और बचाने की शक्ति नही रखता था।

संजय ठाकरे के पास इतना बुद्धि नही था की बो इससे रोक सकता था।गीता ठाकरे के पास बुद्धि तो है लेकिन सही तरह से इस्तमाल करने का रास्ता उनके पास नही था।

"बुद्धि इस दुनिया में सब कुछ है

बुद्धि ना हो तो पैसा कुछ काम का नही है

बुद्धि है तो पैसा और क्षमता अपने आप आ जाता है"।

9 789356 672635